용서를 배울 만한 시간
심재휘 시집

문학동네시인선 108 심재휘
용서를 배울 만한 시간

시인의 말

길에 떨어져 터진 버찌들을 보면
올려다보지 않아도 내가 지금
벚나무 아래를 지나가고 있다는 것을 안다.
등뒤에서 울음소리가 들리면
돌아보지 않아도 그것이 이별이라는 것을 안다.
보지 않아도 알 수 있는 것들은 어디에나 있다.

보리 추수는 이미 지났고
외할머니가 돌아가신 지는 오래다.
보리서리를 눈감아주시던 외할머니의
거룩한 삶이 대관령 아래에 있었다.
검은 흙 속에서
감자가 익으면 여름이라는 것을 알 듯
내 몸이 강릉에 가고 싶을 때가 많다.
강릉은 누구에게나 어디에나 있다.

2018년 8월
심재휘

차례

1부

없는 밑줄도 이제는 지워야 할 때

기적

병실 창밖의 먼 노을을 바라보며 그가 말했다
저녁이 되니 사람들이 집으로 돌아가네

그후로 노을이 몇 번 더 졌을 뿐인데
나는 그의 이른 장례를 치르고 집으로 돌아간다

하루하루가 거푸집으로 찍어내는 것 같아도
눈물로 기운 상복의 늘어진 주머니 속에는
불씨를 살리듯 후후 불어볼 노을이 있어서

나는 그와 함께 소주를 마시던 술집을 지나
닭갈비 타는 냄새를 지나
그의 사라진 말들을 지나 집으로 간다

집집마다 불이 들어오고
점자를 읽듯
아직 불빛을 만질 수 있는 사람들이
한집으로 모여든다

겨울 입술

그대를 등지고 긴 골목을 빠져나올 때
나는 겨울 입술을 가지게 되었다
오후 한시 방향에서 들어오는 낙뢰가
입술을 스치고 갔다

그후로 옛일을 말할 때마다
꼭 여미지 못하는 입술 사이로
쓰러지지도 못하는 빗금의 걸음을 흘려야 했다
골목의 낮은 쇠창살들은 여전히 견고했다
뱉어놓은 말들은 벽에서 녹고 또 얼었다
깨어진 사랑이 운석처럼 박힌 이별의 얼굴에는
저녁과 밤 사이로 빠져나간 낙뢰가 있더니

해가 진 일곱시의 겨울 입술은
어둠을 들이밀어도 다물 수 없도록 기울어져서
들리지 않는 말들을 넘어지지 않게 중얼거려야 했다
진실을 말해도 모두가 비스듬한 후회가 되었다

빗금의 온도

버스를 타고 지나가다 바라보는
아현동 기슭은 봄비 오는 밤이었다
인도 옆으로 오르막 축대가 있어서
누군가가 제집에 이르는 가파른 시멘트 길이
높은 어둠 속으로 스며드는 밤이었다
가로등의 젖은 불빛을 몸에 쓰며
벚꽃들이 지척으로 헤프게 흩날리면
내리막으로 비스듬히 흘러내리는 것이 벚꽃인지
봄비인지 아니면 또 하루였는지 알 수 없어서
미끄러운 빗금을 몸을 곧게 세워 오르던 사람
가파른 축대의 길을 따라 사실은 엎어질 듯 오르던 사람
빗물도 옛날 같은 아현동이었다
비 묻은 차창에 가슴이 높게 고인 아현동을,
없어지는 동네인 듯 아현동을 빗속에 두고
버스는 곧 비 그칠 것 같은 광화문으로 향하는데
우산도 없이 언덕을 올라가던 사람은
이내 집에 들었으리라만
빗금의 풍경은 번지고 번져서
한동안 지워지지 않을 봄비 오는 밤이었다
빗금에도 슬픔의 온도가 서리던 아현동이었다

폭설, 그 흐릿한 길

아주 떠나버리려는 듯
가다가 다시 돌아와 소리 없이 우는 듯이
눈이 내린다
어깨를 들썩거리다가 뛰어가다가 뒤돌아서서
폭설이 퍼붓는 길이다 그러면 이런 날은
붉은 신호등에도 길을 건너가버린 그 사랑이
겨우 보이도록 흐릿해져서
이런 날은 도무지 아프지가 않다

부풀어오른 습설이 거리에 온통 너무 흩날려
이편과 저편의 경계가 지워진 횡단보도는
건너지 않는 자들도 그냥 가슴에 품을 만하다
길 옆 나무가 내게 손을 내미는지
내게서 손을 거두어가는지 알 필요가 없고
휘청거리는 저녁은 어디쯤에 있는지
이별은 푸른 등을 켰는지
분간할 필요도 없어서

그저 떨어지는 빗금들이 뒤엉켜 서로의 빗금을 지울 때
흐릿한, 모든 것들, 사이에, 쓰다 만 글자처럼 서 있으면
그날의 윤곽은 악보 없이 부르는 나지막한 노래 같아서
눈코입이 뭉개어진 이런 날은 오래도록 아프지가 않다

백일홍

병원에서 준 소염제를 열흘 먹었더니
깊은 잠을 자는 며칠이 있었다
어딘가의 염증과 부스럼을 이제는 내 몸이 아니라고
말할 수 없도록 창문에 비가 스미는 하오

사람들은 내 얼굴이 좋아졌다고 했다
내 것과 내 것이 아닌 얼굴이 서로를 다독거리고
늘어진 옷에 몸을 함께 들이민 가을과 저녁이
서로를 어루만진다

창밖의 백일홍은 겨드랑이마다 새 가지를 밀어내
여름 내내 꽃을 피웠는데도
지지도 못하고 마르며
여태 피어 비를 맞고 있다

석 달 열흘은 옹이 몇 개쯤 지닐 만한 순간
그리고 다가올 폭설의 날들은
내다볼 멀리도 없이 제 몸을 핥는 꽃에게서
차례 없이 시든 잎들에게서
용서를 배울 만한 시간

얼굴

어둠 쪽의 새벽 속에 앉아 얼굴을 쓸어내린다
손바닥에 묻는 희미한 표정,
먼바다로 떠나가는 작은 배인 듯,
해가 지기 전에 돌아와야 하는 돛배인 듯,
아주 작은 표정 하나가 있어서 얼굴은
표정의 수역

당신은 지난밤 꽃무늬 도배를 한 방에 누워
무슨 꿈을 꾸었나요?

포장지 두른 하루를 눈뜨며
캄캄한 손이 먼저 얼굴을 쓰다듬는 일은
점점 항구로 돌아오기가 힘겨운 배 한 척
돛이 꺾인 목선을 닦는 일

사실은,
새벽에 배를 띄워야 하는 너무 너른 바다여
깊이를 알 수 없도록 지독하게 어두운 방이여
결국에는 얼굴 속의 딱딱한 무늬 하나를
가여워할 수밖에 없는 두 손이여

몸으로 쓰는 낙서

바람이 불지 않는 봄날에는 온종일
몸으로 낙서나 쓰듯 살고 싶다

유리창 너머 연둣빛들은
눈치 못 채도록 매일 조금씩 낡아서
기어이 초록의 문법이 되고
눈물 속에 반듯이 세운 글자들은
죄다 넘어질 운명이어서
하필 바람에 기댄 삶이었을까
탓하던 날들이 많았다

그러나 오늘은 멀리 있는 산 빛깔보다
유리창에 고여 있는 얄따란 투명을 생각한다
있는데 만져지지 않는 이 쓸쓸한 일기처럼
보이지 않는 것들이야말로 영원히 정든 집이다
바람을 바람대로 모시는 길 건너 은행나무가
스승인지를 알겠다

몸으로 쓰는 낙서는 바람 없이도
기꺼이 쓰러질 줄 아는 필체여서
그림자를 드리우고 봄날에는 온종일
몸으로 낙서나 쓰듯 살고 싶다

위로의 정본

언뜻언뜻 라일락 꽃향기가 있어서
사월 한낮의 그 가지 밑을 찾아가 올려다보면
웬걸, 향기는 오히려 사라지고 맑은 하늘뿐이지
다정함을 잃고 나무 그늘 아래를 걸어나올 때
열없이 열 걸음을 멀어져갈 때
슬며시 다가와 등을 어루만져주는 그 꽃의 향기

술에 취해 집으로 드는 봄밤이라면
기댈 데 없이 가난한 제 발소리의
드문드문한 냄새를 맡다가 문득 만나게 되지
곁에서 열 걸음을 함께 걸어가주는 그 꽃, 향기
놀라서 두리번거리면 숨어서 보고만 있는지
그저 어둠 속 어딘가의 라일락 나무

그리하여 비가 세찬 날
그 나무 아래를 우산도 없이 지나간다면
젖은 걸음을 세워 그 꽃나무 아래에 잠시 머무른다면
오직 한 사람만을 위한 향기를 배우게 되지
젖은 제 온몸으로 더 젖은 마음을
흠뻑 닦아주는 그 꽃의 향기
어디로도 흩어지지 않는 이런 게 진짜 위로지

터널 속에서 만난 돌

외진 곳이다
언덕 아래를 뚫은 터널은 바다로 나가는 길이다
칼에 깊게 찔린 적이 없는데 초입에 들자 심장 아래가 아
프다
터널의 시작과 끝이 너무 밝게 수작을 거는 것 외에는
이렇게 혼자의 발소리만으로도 길 하나가 깔끔하게 이어
질 수 있구나
물위를 걷듯이 걸음들은 외로움 모양의 파문을 지우기 바
쁘다
뒤쪽 밝음을 돌아보며 걸을수록 옷을 더럽히는 파도 소
리에
어릴 때의 키만큼 작아지는 저녁과 쓰다듬기에는 너무 아
픈 어머니의 호명이 자꾸 섞인다 멀어지고 묽어진다
그러니까 터널의 중간쯤에서 만난 돌이라고 해야겠다
말간 어둠을 몸에 묻히고 내 발에 채인 돌이라고 해야겠다
모난 데가 없어서 온몸이 얼굴인 돌
나는 아직 걸음이 남아 있어서 손에 쥐고 걷기로 한다
내 손의 땀인지 돌의 눈물인지 손바닥이 젖는다
돌멩이는 늙을 대로 늙어서 가족이 없다
어둡지도 않고 밝지도 않은 길에
얼마나 오래 숨어들어와 살았던 것인지 알 수는 없다
돌에게 곧 눈이 아픈 해변이 나타날 거라는 걸
알게 되었다

낱·말·혼·자

손톱깎이를 찾으려 서랍을 열어놓고는
손은 왜 바싹 마른 만년필에 가닿았을까
긴 편지를 쓰던 날들이 서랍 구석에 처박혀 있는
오늘은 하필 이토록 백지 같은 유월이고
뚜껑을 열고 닫는 일들을 지겹게만 여기고는
버려두었던 만년필
가여워하게 될 줄을 몰랐다

만년필에 잉크를 넣고 혼자라고 쓴다
몇 번의 빈 혼자 끝에 까맣게 선명해지는 혼자
혼 자(字)와 자 자(字)를 가깝게 붙여 쓰면서 자꾸 소리
내보면
뜻은 사라지고 목소리와 필체로만 남는 혼자는
처음 보는 낯선 자세 같기만 해지다가
만져질 것도 같은 따뜻한 몸들이 된다

종이 한 바닥 낭자한 혼 자와 자 자는
제 몸에는 깊숙이 스미되 끝내 서로 번지지 못하는
수천 년이 가도 변함없는 생의 자세
아무리 붙여 써봐도 결국 혼자가 되는
만년필로 써보는 혼자라는 낱말

봉분이 있던 자리

바람 부는 날
강릉 송정의 해송숲에 가면
뒤척거리는 평지가 있다 한때 무덤이었던 것들
바닷가 주인 없는 땅의 허물어진 봉분들

순두부 한 그릇 먹고 나와
마을의 끝에 걸린 저녁을 혼자 걷다보면
해송숲에 가득 고여 있는 파도 소리가
바람 소리 같아서

죽어서도 찾아가야 하는 자리가 있다는 듯
바다 쪽으로든 산맥 쪽으로든 몇 줌의 흙
아침저녁으로 바뀌는 바람에 얹혀
기어이 더 흩어지고는
이제는 그냥 봉분이 있던 자리

다들 어디로 갔을까
헤어짐이란 서로 멀어지는 것이 아니라
원래 있던 자리로 돌아가는 것이라고
해송숲이 심히 흔들리는 날
들어보면 숲에는 파도 소리만 가득한데
제자리란 원래 없는 것이라고
숲에는 갈 데 없는 파도 소리가 가득한데

얼굴을 스치는 바람에 미쳐
그냥 바라봐야만 하는 바다 먼 곳
이곳은 봉분이 있던 자리

터미널 카페

여름의 긴 어스름을 제대로 읽지를 못하여
눈이 아픈 그 격문을 낮의 가장자리에 붙여놓고서도
제 곁의 어둠을 쉽게 예감하지 못하는 칠월의 저녁
책을 들고 사람 가득한 터미널 카페로 간다

이곳을 떠나거나 그곳으로 돌아가거나
몇 개의 달, 몇 척의 목선, 몇 그루의 기다림이 얼비치는
입술들,
수평선 너머로 사라진 그날들, 가질 수 없는 것들,
온통 알 수 없는 언성만으로 만선을 이루는 터미널 카페
그래도 그물의 멸치떼처럼 재재거리는 소리가 머리끝까
지 덮을 만해서
비늘을 다친 날에는 숨어들기 좋은 곳 터미널 카페

하지만 차표대로 하나둘 사투리를 챙겨 떠나고 나면
채워지지 않는 자리마다 어둠이 차올라 예정대로 막차
가 온다
차표도 없고 기다리는 사람도 없는 이에게
달그락거리는 제 커피잔 소리에도 놀라는 시간이 온다
쓰레기통에는 냅킨에 휘갈겨 쓴 낙서들이 있고
아무리 눌러쓴다고 한들 유리 테이블에는
아무것도 새겨지지 않는다 그런 귀가가 있다

언문으로 쓰여진 밤

옛사랑이 보내준 제주 귤차를 우린다
이내 밀려오는 향기와 달리
그가 있는 옛날은 남쪽처럼 멀고 또 희미하여서
무언가 얼비치려다 곧 맑아지는 찻물의 표정
차 안에 여러 맛이 섞여 있는지 몇 가지가
어렴풋한 저녁이다

가지를 쥔 저녁 새가 조금씩 옆걸음하여
밤도 아니고 저녁도 아닌 차를 한 모금 마시고
저녁은 또 조금 어두워지고 어두워져서
아무리 애를 써봐도 입안에 물컹하며 남아도는 것은
그저 맹물맛인데
입도 아니고 코도 아닌 곳을 스치는 야릇한 향기
이런 심심한 연애가 세상에 만연하여서 아프고
아팠다는 말만으로는 쉽게 해석할 수 없는 저녁들

따뜻한 맹물 위를 겉돌기만 하는 향기처럼
서로 영원히 섞일 수 없는 것들은 왜 만나
어스름 쪽을 돌아보는 오늘 내 눈빛은
언문으로 쓰여진 밤이다

비와 나의 이야기

오랫동안 비를 좋아했어요

곰곰이 생각해보니까
비보다는 비가 오는 풍경을 좋아한다고 해야 맞아요
후드득 쏟아지는 비의 풍경 속에는
경청할 만한 빗소리가 있지요 그리고
비를 피해 서둘러 뛰어가는 사람들의 젖은 어깨
흙탕물을 간신히 피해 가는 짐차들의
덜컹거리는 불빛과
거리 아이들의 비가 새는 저녁

사실은
비에 젖지 않고도
비가 오는 풍경을 바라볼 수 있는 창가 자리가
더 마음에 드는 거지요

고백하자면 나는
창밖의 비보다는
창 안의 나를 더 좋아한다고 말해야 옳아요

밑줄을 긋지는 않았지만

장마가 끝난 하늘은 너무 맑아서
구름 한 점인 것이 드러난 구름
감추어둔 말을 들켜버린 저 한 줌의 엷은 구름

전하지 못한 말들을 버리지도 못하고
너무 멀리 흘러와버렸구나
괄호 속에 혼잣말을 심고
꽃피지 못하는 말들에게
가시 같은 안대를 씌워야 했구나
차라리 폭풍의 지난밤이 견딜 만했겠다
천둥소리로 가슴을 찢고 자진할 만했겠다

하지만 장마 갠 하늘에
흩어지지 못한 구름 한 점이여
숨을 데 없는 하늘에 들켜버린 마음이여
너무 넓은 고요를 흘러가다가 뒤를 돌아볼까봐
구름에게 나는 몇 마디 중얼거려본다

마지막 사흘을 퍼붓던 비가 그치고
아무렇지도 않은 듯 이토록 푸른 하늘이라면
이제는 페이지의 접혀 있던 귀를 펴야 할 때
밑줄을 긋지는 않았지만 그 문장들 아래
없는 밑줄도 이제는 지워야 할 때

잘 익은 시

밭에서 돌아와 아궁이 앞에 앉은 외할머니가 무명 치마에
묻은 호미와 괭이질의 무늬를 불에 털어 넣어 한 끼 저녁을
차렸지 꺾어온 보릿대를 아궁이 불에 적당히 태워 검댕이
묻은 손으로 껍질 벗긴 보리알을 건네주셨지

옛날처럼
여름을 세웠던 입하(立夏)의 양식처럼
불에 그을린 말들을 비벼 말껍질을 벗겨버린다면

시는 어쩔라나

배고픈 날
잘 익어 푸르스름한 보리알은
오래 씹을수록 달았었는데

봄밤은 그에게도 유감인 듯하였다*

막걸리 한 통을 사서 배낭에 넣고
메고 가는 봄밤
누군가 따라오는 소리가 있어서
뒤를 돌아보면 아무도 없고
또 아무도 없고
등뒤는 꽃이 이미 진 길

걸음마다 출렁거리는 소리에 놀라
자꾸만 뒤를 돌아보는 한밤은 애처로워라
다가와 말 걸어줄 사람도 없이
벚꽃 피던 길 끝은 어둠 속으로 멀고
등뒤는 이제 그만 보자며 다짐할수록
빈집에 가까워지는 걸음

집 앞에는 어느새 또 꽃을 여읜 나무야
잎들이 이미 싱겁게 돋은 살구나무야
봄밤의 배후에서
정답게 나누어 마시는 유감은
무슨 맛인가 했더니 오늘은
막걸리 한 통으로
너와의 우정을 얻었구나

* 이태준 소설 「달밤」의 마지막 구절 "달밤은 그에게도 유감인 듯하
였다"를 빌림.

2부
영월은 몸이 추웠다

마음의 지도

큰 새 한 마리
날개를 펼친 채 하늘에 오래 서 있다

짐승이 산의 깊은 곳으로 몸을 숨기듯
새들도 공중의 안과 밖을 알아서
날개가 무거워지면 허공의 안쪽을 찾아 들어가
바람에 기대어 머물 줄 안다

지도를 그리는 것은 오직 사람의 일이나
안과 밖은 종이에 그려지지가 않아서
그대 마음속에 들어가는 길을 찾을 수가 없다

빈집

담배를 문 노인이 구부정한 밀밭가에
몇 그루의 나무가 있어서 너무 너른 들판이었다

밀은 갓 자라 그저 푸릇하기만 하고
나무들은 가보지 못한 땅끝을 바라보고 있었다
가지마다 새집을 너무 매달고 있었다

새집들은 둥근데 성글어서 모두 속이 훤했다
새들이 떠난 지 몇 계절이 지난 빈집들이었다

나무들은 어쩔 수 없이 서 있는 검불인 듯
길어진 그림자를 등지고 우듬지만 겨우 환해서
헐거운 자세가 높고 깊었다

그곳에 나무만 혼자 사는 빈집이
여러 채 있었다

혼자 남은 돌
—포로 로마노

크고 반듯한 돌이 낯선 땅에 눌러앉은 지가 오래된 폐허다
집을 이고 사람을 지고 신들을 받쳐들어야 했던 돌
스스로 집이라고 생각하도록 세월이 길었다

마침내 집은 무너지고 기둥마저 넘어지고
구름들조차 흩어진 날에 혼자 남은 돌은 자유를 얻었을까
함부로 우거진 풀들처럼 세월은 자라 수없이 피고 졌는데
혼자 남은 돌은 자유를 너무 오래 감당한 것일까
표정마저 폐허가 된 돌들이 있어서

옛날의 돌로 돌아갈 수 없는 주춧돌 위에 앉아
조금은 오래 앉아 있자고 생각한다

불쑥의 표정
—피렌체의 뒷골목

집 사이에 숨어 있던 집시 여자가
내 곁으로 불쑥 다가와도 그것이 무엇인지 몰랐다
손을 감추고 있었다 처음 만나는 표정이었다
열 걸음을 지나가서야 아 이것이 '불쑥'이었구나
멀어지는 여인을 돌아볼 수 있었다
나는 잃을 것이 딱히 없었지만 창문이 없던
낯선 집들의 거리가 추운 일월이었다
매번 다가오는 이월이 불쑥이 아닌 적이 없지만
걷기가 어색한 포석의 뒷골목에서
하룻밤 묵을 여관조차 찾지 못하게 될 때
곧 깰 잠을 흉내조차 내지 못하게 될 때
죽음은 푸른 눈의 매력적인 소매치기처럼
칼을 들고 다가오겠다 그때에도 제발 불쑥의 표정이여
그대가 죽음이었음을 몇 걸음 더 걷다가 눈치챌 수 있기를

새벽이 일어나 발목의 상처를 천천히 쓰다듬어본다

따뜻한 한 그릇의 말

머리의 부스럼을 긁듯 길 떠난 지 오래된 저녁에
처음인 거리의 식당에 앉아 중얼거린다
껍질이 벗겨진 말들을 뱉는다
목구멍에서 말이 분비되는 증상이 있더니
의사의 처방은 역류성식도염이었다
집을 떠나기 전이었다

식은 죽조차 먹지 못하고 한 달을 누워 있던 아버지
지난겨울 가시기 전에 마지막 장작으로 불 지펴
들릴 듯 말 듯한 밥 한 그릇을 지어주셨다
늦도록 외롭지 않게 살아라

그때에는 귀에 담지를 못하여 손에 움켜쥐지도 못하여
금세 식어버릴 것 같은 한마디 밥을
서둘러 꿀떡 삼켜버릴 수밖에 없었는데
집을 떠나 멀고 혼자인 식당에서 밥을 먹다가 그 말이
헐어버린 식도에 여태껏 걸려 있는지 중얼거리면
왜 그 말은 껍질도 없이 오래 아플까
아픈 무릎을 만져보는 오늘은 가슴 한가운데가
체한 것처럼 흐리다

지나온 길은 늘 멀다

큰 산 기슭의 작은 마을에 나무다리가 있었다
프라하에서 남쪽으로 넘어가는 국경이었다
설산은 보이지 않는데 상류로부터 눈 녹은 물인 듯
뼈가 아픈 사랑이 품에 안길 것처럼 달려왔다 아니 이내
멀어져버리는 것이어서 다리는 짧아도 망루같이 높아야
했다
누구나 다리를 건널 때 다리 난간의 양끝에는
연인의 목상이 마주보고 멀었다
누구나 다리를 건너면 좁은 계단의 골목을 올라야 하고
뒤를 지우듯 굽은 골목 몇 개를 더 지나야 했다
그러면 비로소 다리가 아프고 나무다리도 아파왔다
지척인 나무다리는 금방 돌아가 볼 수 있을 것 같아서
초행길의 앞서 간 동행도 곧 따라잡을 수 있을 것만 같
았다
내리막 골목 몇 개를 돌고 계단을 내려가면
꼭 한 번만 더 보고 싶었던 그 나무다리일 텐데
지나온 길은 늘 멀기만 한 것인지
숨이 차도록 빨리 걸어도 한번 건넌 다리는
쉬 나타나지 않았다 넘어야 할 국경의 길을 앞에 두고서
흘러가버린 물소리가 마음에 차기만 한 마을이었다

검은 새 소리
―인스부르크

하현이 제법 밝은 일월의 새벽
만년설 아래의 작은 마을에 새가 운다
두 마리가 운다 아직 캄캄하고 고요한데
한 마리는 길게 울고 한 마리는 짧게 운다
낮은 지붕들 위로는 씻어놓은 듯 맑은 어둠이어서
기댈 데가 없이 너무 너른 어둠 속에
같은 이름의 새 두 마리일 것이다
둘만 깨어서 둘만 알도록 길고 짧은 것이다
이름도 모르는 새들의 대화는 절뚝거리기만 해서
한 마리는 앉아서 검고
다른 한 마리는 서서 검을 것이다

언제부터 울었는지 알 수가 없지만
서로 다른 나무에 숙명처럼 깃들어서
한 마리가 서서 길게 물으면
한 마리는 짧게 비켜 앉을 뿐
나도 저렇게 긴 질문을 한 적이 있던 것 같고
까마득하게 푸르스름한 설산에 막혀
산중을 떠나지 못하는 불치의 운명이
내 것이 아니라고 말한 적이 있던 것도 같다
아직은 마을 복판 망루의 종들이 울리지 않는 시간
여관 다락방의 창문을 열지 않았으면
들키지 않았을 검은 새 소리는

038

해가 뜨면 사람의 마을에 만연할 것이다
다가오는 그믐처럼 쉽게 만져지지 않을 것이다

조각 유리창이 있는 골목
—베네치아의 좁은 골목들

발코니도 없이 키 큰 집들의 섬에는 골목뿐이고
양끝이 너무 잘 보이는 길이라면
두 사람이 겨우 비켜가는 골목길이다
마을 공터에서 바다 쪽으로 이어지는 좁고 곧은 길
양쪽 끝만 너무 밝아 길게 어두운 골목길이다
협곡 같은 길에는 벽의 가슴께쯤일까
겨우 벽에 속한 유리창이 있어서 쉬 깨어지지 않게
모두 조각 유리로 기워 만든 유리창이다
격자의 창틀은 흐릿한 유리를 붙들고 녹이 슨 지가 오래다
지나가는 이가 유리창 안을 들여다보려면 어쩔 수 없이
탁한 유리에 마음을 흘려야 하지만
제 영혼을 다 팔지 않고서는 어룽대는 안쪽을
볼 수가 없다 들여다보려고 애쓰다가 유리에 흘린 마음은
다시 거두어갈 수가 없어서 누구에게나
그늘이 묻는 골목길이다
사람 하나가 바다 쪽에서 들어오면
바다로 나가려는 자는 도리 없이 가슴 아니면
등을 보여주어야 하는 골목길
가슴과 가슴이 스치든 등과 가슴이 스치든
바라보는 끝은 너무 밝아 오래 눈이 아픈 골목길이다
바람이 지나갈 때마다 유리창들은
소리내지 않으려고 애를 쓰지만 깨어지지 않아도
이미 조각조각인 유리창이 그 골목에 있다

골목을 앓아본 자들은 모두
가슴에 달게 되는 조각 유리창이 있다

호텔 부다페스트

언덕 위의 부다 왕궁을 보고 저녁에 다리를 건넜다 여름의 긴 박모로 강물 위에서 밤이 낮을 오래도록 품에 거두는 부다페스트였다 페스트의 숙소에 돌아와 문을 잠그고 잠자리에 들었다 그날 밤 뒤척거리는 사이사이에도 좁쌀 같은 잠이 있어서 돌아가신 아버지를 뵈었다 긴 생애 중에서 하필이면 흐느끼는 임종의 순간을 또 보여주려 그 좁은 잠 속으로 찾아오셨던 것이다

다뉴브강을 사이에 두고 옛날의 부다와 오늘의 페스트로 나뉘는 부다페스트 하지만 모두가 잠든 밤의 강물은 강변의 불빛들을 모두 밝히며 까마득히 흘러간다 더러운 페스트의 밤거리에서 멀리 부다의 언덕이 보이지는 않아도 부다페스트가 부다페스트이듯 몸은 없어도 여전히 내 아버지 생전과 사후가 없이 다리 위에 서서 애야 슬퍼하지 마라 꿈에서 깨니 아버지는 부다로 되돌아가신 듯 강 건너편 하늘이 만질 수 없도록 붉고 옛날에 죽은 별들의 빛이 촘촘히 박혀 있는 호텔 부다페스트

다정도 병인 양

  직업에 귀천이 없다지만 관 짜는 일과 화살 만드는 일을
미워했던 옛 성인의 시절에 여행 가이드는 없었겠지 이명주
씨는 입술이 말라서 말이 빠른 현지 가이드 비엔나에 온 지
는 십 년이 훨씬 넘었다 한다 음악 공부 하러 왔다가 악보를
다 잃고 도돌이표 하나만 손에 쥔 채 서른여섯 노처녀가 되
도록 길안내만 한다는 그녀 하루짜리 동행들을 만나고 무수
히 헤어지면서 인연에 무심해지는 방법을 일찍 눈치챈 여자
좋은 남자 있으면 소개해달라는 너스레도 희미한 낮달의 거
죽처럼 낡고 닳았는데 이 더운 여름날 여행객들이 죽은 사
람의 집을 사진 찍느라 고개를 쳐들 때 명주씨 그늘 속에서
혼자 몸을 식히고 있다 고개 숙여 사소하게 정든 마음도 발
밑으로 털어내고 있다 다정도 병인 양 무정해져야 살 수 있
는 직업의 이명주씨야 너는 오늘도 무엇을 가이드 하느냐
집을 떠나 멀리 간 사람들 모두 그 초행길을 익숙하게 따라
가고 있구나 저들도 집에서는 제 삶을 가이드 한 탓이리라
만 오래 묵힌 음표들도 건들면 음악이고 썩어가는 낙과의
마음은 언제나 꽃이다

오시비엥침의 벽돌 조각

　바르샤바에서 남쪽으로 삼백 킬로 떨어진 오시비엥침에
는 바람이 불고 이내 비가 내리기 시작한다 입구의 오래된
떡갈나무는 수령이 백 년은 훨씬 넘은 듯해도 도리 없이 비
맞는 모습이 옛날 같다 붉은 벽돌의 수용소들을 여럿 지나
쓸쓸해지면 가스실이다 가스실의 전등은 촉수가 낮고 사람
들은 말을 하지 않는다 묻은 것 하나 없어도 밖으로 나와
옷을 털어보면 연기며 검댕이며 검댕이 속에 깊게 박힌 손
톱자국들

　가스실 바깥의 처마 밑에서 비를 긋지만 비를 맞지 않아서
미안해지도록 조금씩 젖는 신발 앞에는 땅에 박혀 있는 벽
돌 조각 하나 내 몸에서 떨어져나온 것이 아니어도 주머니
에 넣어본다 숙소에 돌아와 붉은 조각을 만져보고 맡아보고
들여다보아도 어느 길거리에서나 널린 깨어진 집의 조각일
뿐이어서 '가스실 앞에서'라고 적어 넣는다 붉은 벽돌 조각
속으로 글자들은 번지고 스며 이내 알아볼 수 없는 얼룩이
된다 그리고 아무 일도 없었다는 듯 밤은 깊어진다

　한밤의 꿈들도 아침이면 말로 풀어지는데 부수어진 붉은
얼굴에는 아무것도 새길 수가 없으니 시를 쓰는 밤이여 뼈
에 글을 새긴다 한들 벽돌 조각은 오시비엥침의 것이고 아
니 독일말로는 아우슈비츠의 것이고

영월

새벽에 깨어 다시 잠들지 못할 때
갈 데 없는 혼잣말처럼 영월은 몸이 추웠다

생각해보면 그 언젠가도 동강을 따라
가파른 기슭의 성한 곳 없는 곡조를 긁으며
기차가 지나갔던 것인데
강 건너 철궤를 따라 멀어지는 이별이
오늘도 다르지 않았다

남몰래 들어와 혼자 읽어보는 영월은
수많은 모퉁이를 휘돌아나가기에 바쁜 물굽이여서
언제나 잠깐의 뒷모습뿐이었다

설령 떠나간 기차를 앞질러가 뒤돌아본다 해도
다가오는 이별의 순간은
객차에 실린 운명의 얼굴은
언제나 산모퉁이에 가려져 있었다

누구나 영월에 갈 수는 있어도
아무도 모퉁이 없는 영월을 가질 수는 없었다

저수의 역사

 몇 개의 전생을 앞세우고 비를 맞는 제천의 의림지는 처
음인데 그 고요의 낯이 눈에 익었다 풍경에 붙은 가을비가
툭툭 끊어지는 면발 같아 지나치도록 익숙한 허기가 내 몸
에도 드문드문 넓었다 한 떼의 노인대학 학생들이 짙은 입
술의 가이드를 따라 고인 물 주변을 돌고 있었다 폐정에 돌
떨어지는 소리인 듯 가슴에 달린 그들의 이름은 젖을수록
가늘어지는 무늬

 매점 주인이 어디서 왔느냐 물어서 나도 순서에 맞게 그저
머뭇거리는 흉내만 내었다 오래된 가게는 매일 접었다 폈다
할 수 있는 적막의 냄새를 거슬러주었다 우산을 쓸 수 없도
록 내리는 비를 몸으로 맞을 수밖에 없는 역사가 깊어서 비
맞는 소리조차 내지 않는 저수들이었다

 끝도 시작도 없는 둘레 길에 서서 건너편을 불러보는 운
명은 한 바퀴마다 찾아오고 견학을 마친 노인들의 발자국
은 온데간데없고 저수는 내게 해줄 말이 없고 수변 나뭇가
지에 쳐놓은 빈 가게들 빗방울만 잔뜩 매달려 있는 거미줄
이 가슴에서 아팠다

우도

객선의 잦은 접안이 짧았고 이별은 가벼웠다
섬에 흩어져 있던 섬주민의 늘 같은 귀가와
바다를 등지고 구부정한 집들이 모여
칼이 빠져나간 자리인 듯 골목이 깊었다
그러니까 심장을 깊게 찌른 칼을 뽑으며
누군가 뒤를 돌아보지 않은 날이 있었다
배를 타고 섬을 떠나며 바다에 칼을 버린 날이 있었다
가을볕에 말라가는 백일홍부터
나무가 나무에게 건네는 흔들림까지도 모두 골목인 섬
아무나 마을 가운데로 쉽게 들어갈 수가 없고
찔린 마음이 쉽게 흘러나올 수도 없는 섬
한나절 머물렀던 우도를 떠나며
아물지 않는 골목들에게 미안했다 사람들은
제 심장 한편에 우도가 자라고 있는 줄 몰랐다

경주

가을 경주에게는 불국사로 간다는 버스가 있어서 낙서하
듯 몸 하나가 덜컹거려도 긴 이야기가 된다 지나쳐온 정류
장들도 기와를 얹은 집 모양을 하고 있다 낯선 길에 내려 찡
그린 얼굴을 햇살에 새기면 시월은 몇 층짜리인지 헐리지
않도록 바람 속에 쌓은 돌 그 돌 위에 돌을 쌓으며 좁아져가
는 생애가 내 발자국들을 죄다 모아서 석탑 위에 얹어준다
내 이름은 탑이 가리키는 곳으로 올라갈 만하다고

　　하지만 박모의 하늘에
　　매일 조금씩 덧칠해온 얼룩 하나가 붉게 떠서
　　오늘밤에 나는 불국에 이르지 못하고
　　왕릉 곁의 막걸리집에 국물 자국처럼 앉으면
　　경주의 밤은 속을 알 수도 없는 탁한 술을 마신다

　　깊어가는 어둠을 시큼하게라도 맡을 수 있는 곳
　　평생 가질 수 있는 것이라고는
　　입 밖으로 뱉지 못한 말뿐이란 걸
　　흠집이 많은 술집의 탁자에게 배운다
　　그러면 내 어깨에 손을 얹어주는 경주
　　뒤를 돌아보면 경주는
　　누구에게나 늘 그리운 오늘이다

함목에 가서

땅끝을 배우지 못하여 거제를 가네
거제에서도 남쪽인 함목
몽돌 해변을 가네

파도 소리도 쿨럭거리는 해변에는
낯빛을 한 돌들이 많아
사람들은 제 것인 것처럼
하나씩 손에 쥐어보는 것이네

길이 끝난 곳에서
모두들 파도가 치댄 돌에
제 얼굴을 비춰보는 것이네

하지만 회 한 접시를 먹는 동안
바다의 속살을 묻힌 달이 붉게 떠서
바다 소리만 말갛게 남은 함목이
당신께 찾아온다면
신음도 없는 바닷가에서
누구나 배우게 된다네
달도 돌도 누가 뱉어내는지를

그러니까 땅끝은
바다 끝이기도 해

풍경이 되고 싶다

언젠가 이 집을 떠날 때 한 가지만 가지고 가라 하면 나는 북쪽 창밖의 풍경을 데리고 가겠다. 창문으로 내다보이는 그 은행나무숲에 나는 평생 한 번도 찾아가지를 못하였지. 더 멀어지지도 않고 가까워지지도 않는 숲의 셀 수 없는 표정. 내가 볼 때만 내 안에서 풍경이 되는 풍경. 살다보면 이 집의 문도 밖에서 영영 잠글 때가 오겠지. 그러면 창밖 풍경을 데리고 다니다가, 애인인 듯 사귀다가, 나란히 앉아 더 좋은 풍경을 함께 보다가, 그와도 이별을 예감할 때가 오겠지. 그때가 오면 슬쩍 고백해보는 거야. 한 번도 보여주지 않은 너의 뒤가 보고 싶어. 그곳으로 가서 너의 창밖에 사는 한 마리 무심한 풍경이 되고 싶다고 부탁해보는 거야. 누군가의 영원히 좁혀지지 않는 풍경으로 살아간다는 거, 비바람에 함부로 흔들릴 수 있는 표정이 된다는 거, 그러니까 나는 너무 오랫동안 풍경을 보기만 하며 살았던 거지.

3부
희미한 파도 소리를 주머니에 넣고

회산 솔밭

예를 들어
내가 살고 있는 서울의 남산 꼭대기에 오른다고 치면
산 아래를 돌아보며 피어오르는 저녁의 그림자를 읽는다
고 치면
오르던 산기슭쯤은 언제나 회산 솔밭이에요

보물찾기가 있고 김밥이 있고 장기자랑이 있던 회산 솔밭
깃발이 없으면 아무도 갈 수 없는 곳이에요
일학년부터 육학년까지 반마다 기를 앞세우고 천방둑을
걷다가 개천을 건너면
아이들은 돌 틈에서, 서로의 웃음 속에서, 흐르는 구름 속
에서
보물을 찾아냈어요 나는 보물을 열심히 찾다가 그만
회산 솔밭의 그늘 바깥으로 걸어나와버린 거예요
강릉국민학교 하늘색 교복을 입은 채 그대로 멀리 와버
린 거예요

소나무 아래에 깃발을 두고 온 이후로
나는 회산 솔밭에 다시 갈 수는 없어요
펄럭이는 깃발만 있다면 봄마다 가을마다
회산 솔밭 비스듬한 소나무에 기대어 사진을 찍을 거예요
하지만 나에게는 깃발이 없어요
어 어 그러니까 예를 들어 말하자면

깃발도 없이 무작정 올라가고 있는 남산 꼭대기는
내려갈 길이 없다는 뜻이지요
쓸쓸한 족속의 소풍이지요

강릉 바람 소리

올해는 가을 가뭄이 유독 심하고
내게는 고향을 떠나던 옛날이 있었고
오늘은 강문 솔숲으로부터 대관령 너머까지
강릉은 바람이 넘치는 곳
짠바람은 내내 바다에서 뭍의 깊은 곳으로 불어와
귀에 매달린 저녁의 야윈 곳까지 불어와
듬성듬성한 산책으로 말라가는 나뭇잎들의 소리
칼날 흠집이 심한 집들의 소리를 바람이 대신 내주고 있다
바람 속에 손을 내밀어보면
손바닥의 알 수 없는 상처들을
바람이 읽어줄 수 있을 것만 같은 시월이다
그래서 강릉의 바람 소리는
바닷가 해송들이 제 껍질 속에 바람을 품었다가 내뱉듯이
바람 혼자서는 낼 수 없는 소리
바람이 없었더라면 들키지 않았을 나의 강릉이다

안녕! 풍전여관

한 번만이라도 다시 들어가 잠들고 싶은 방이 있다
경포 바닷가 솔숲에
내가 고개를 동쪽으로 돌리면 미리 불어주는 바람 속에
풍전여관이 있다

신고 버렸던 평생의 신발들은 다 기억할 수가 없고
그때그때 신발들의 소리는 조금씩 다 달랐지만
언제나 잊을 수 없는 풍전여관은 늘 맨발의 풍전여관
맹세를 버리지 않는다 해도 돌아올 사랑이 아니라는 것은
진즉에 알고 있어서 생각할 때마다 가슴이 베이는
어쩌자고 풍전여관은 거기에 있나

젊음은 묵힐 수 없도록 쉬 낡고
추억은 더디 식어서 더욱 오래 쓸쓸하고

그러니까 나는 한때 풍전여관에 살았던 거다
지금은 없는 풍전여관

안목

경포보다 안목이 나는 좋았지
늦가을까지 걸어 안목에 마침내 안목에 가면
수전증을 오래 앓은 희망이
쏟을 듯 쏟아질 듯 자판기 커피를 빼어들고
오래 묵은 파도 소리가 여전히 다정해서 좋았지

경포 횟집 거리를 지나
초당 순두부집들을 지나 더 가물거리는 곳
해송숲의 주인 없는 무덤을 지날 때처럼
늦어도 미안하지 않은 안목에서는
바다로 막 들어가는 강물이
지는 해를 돌아볼 줄 알아서 좋았지
숨겨둔 여인이 있을 것 같고
그조차 흉이 될 것 같지 않은 곳

마른바람 속에서 팔 벌리기를 하고
멀리 경포의 불빛을 바라볼 줄 아는 안목은
더이상 골똘히 궁근 그 안목은
이제 없는 거지
막횟집도 칼국숫집도 다 사라지고
커피 거리로 이름을 날리는 저기 저 안목은

경포호변

가위로 오려놓은 늦가을 속에
비 맞는 거미줄을 가지마다 달고 있는
벚나무가 있다

호변이었으니 물은 너무 넓고
물가 한 바퀴 도는 시간을 기다려달라 말하기가
미안하여서 결국은 떠나간 사랑이 있었으니
기다릴 수 있다고 말하지도 못한 후회가 여기 서 있으니

옷에 스미는 비를 맞으며 누군가가
사랑을 잃은 마음을 펼쳐 보여준다 한들
크기를 멈춘 저 오래된 나무만 하랴

뒷문을 열어놓은 고요가
수면 아래에서 새어나가는 세월에게
이 풍경의 운명만 빼고 모두를 내어주는
그저 비를 맞는 나무가 있으니

오늘은 호숫가를 도는 사람도 없이
희미한 파도 소리를 주머니에 넣고
주머니에 넣고

아버지의 노동당사

철원 비무장지대를 보고
총알 자국 가득한 노동당사에서
잠시 쉬던 오후가 있었나보다

이제는 개망초만 무성한 그곳에서
덩달아 늦여름처럼 신발을 벗고
대들보도 없이 서까래도 없이
아주 맨발이고 싶었던 날이 있었나보다

철원에서 가까운 고향집에 들러
하룻밤을 자고 깬 아침이 있었나보다
내 집으로 돌아오려고 신발장을 열다가

이태 전에 돌아가신 아버지의 구두 한 켤레
어쩌다 남게 된 발 모양의 노동당사
그 아름다운 폐허는 평안 속에 남겨두고
냄새나는 신발에 발을 묶은 채
다시 서울로 올라오던 날이 있었나보다

탈상

한 남자 봄비 오는 저수지가에
우산도 없이 앉아 있다
빗소리는 비가 내는 소리가 아니라는 것을
진즉 알고는 있었는데
그래도 모두가 빗소리거니 무심했는데
오늘은 가는비가 저수지에 내리는 소리
어렴풋한 소리가 이리 사무칠 줄은
그 남자 미처 몰랐다
풀숲이나 바위에게도
지붕이나 우산에게도
비는 그들의 아픈 소리를 만들어주지만
멀리 내려온 빗물이 넓게 고인 물을 만나 내는 소리가
들릴 듯 말 듯하여서 아픈 줄을
탈상하는 날에 그 남자
비 오는 저수지가에 앉아 처음 알게 되었다

이월 강릉

강릉의 이월은 늘 떠나는 표정을 하고 있어서
어릴 때에는 그 침침하고 마른 번짐이 싫기도 했다
대관령을 넘어 강릉을 떠나던 그해 이월도
이제는 만질 수 없도록 멀어지더니
어느덧 이월의 모든 나무는
바람의 모양으로 서 있다는 것을 알게 되었다
채 잎을 틔우기 전에 어디로인가 바라보는 모습을
제 몸에 새기고 있는 나무들

이월의 바람이 불어
자꾸만 동쪽으로 몸이 기우는 오늘은
내 몸에 새겨진 바람의 풍경을
강릉이라고 부른다

입춘

먼저 태어난 것이 먼저 죽는다는 이치가
간혹은 말할 수 없도록 간곡하여서
아버지는 소한 추위에
애절한 순리를 몸소 보여주었다

당신의 생전으로부터 아직은 가까운 입춘
이미 젖은 흙에 오늘은 비가 내리니
젖음과 또 젖음의 경계를 찾을 수가 없고
입춘이 겨울인지 봄인지 불분명하다

아버지의 삶과 사후가 아직은 입춘을 지난다

매미와 배롱

　내 귀가 받아 적기에는 칠월이 되어서야 첫 매미가 울었
다 이미 여름은 왔는데 매미가 늦었다 싶었다 말매미 한 마
리가 쓰 한다 싶다가 이내 쓰 사그라졌다 바람도 없이 그 소
리에 가볍게 떠는 배롱나무 가지들의 예감을 올해에도 알
아보지 못하였다 자잘한 배롱꽃들이 차례로 피고 져서 석
달 열흘이지만 먼발치에서 그냥 여름이 만발하였다고 여기
고는 했다 그리하여 쓰나미처럼 몰려오는 매미 소리 속에
서 아물지 못하는 몇 번의 이별을 하고 산발한 후회를 씹으
며 배롱꽃 붉은 그늘 아래를 걸어가겠다 어둑한 욕실에서
울면서 이를 닦는 밤이 오겠다 하지만 지금은 한 마리 매
미 소리가 아이스크림을 핥으며 걸어가는 여자아이를 몰래
따라갈 뿐이어서 눈물처럼 맺힌 배롱 꽃망울만 여름 적막
에 떨고 있다

　매미 소리가 사라지고도 배롱꽃은 한두 숨을 더 쉬겠지만
그 나무도 물 빠진 가을 적막을 어쩌지는 못하겠다 그리하
여 나는 웃지 않는 배롱나무 한 그루에 눈을 깊게 찔리겠다

추억에 기댄 저녁

지하철이 지하를 막 빠져나와 한강 다리를 건너려 할 때
추억에 기댄 저녁 하나가 있고 해는 하류 쪽으로 진다 물위
에서 덜컹덜컹 흔들리는 몸 그리하여 나는 다리를 건너는
동안 어쩔 수 없이 추억염을 앓았다고나 할까

굳기 전에 서둘러 흐르는 강물의 표정을 뼈아프게 받아 적
어야 하는 몸들 지금은 달리는 것처럼 보이도록 만들어진
기차 속에서의 몸이 우주의 유일한 순간이어서 식도에 고여
있던 가래 같은 것을 뱉지도 삼키지도 못하고 그냥 추억염
을 앓았다고나 할까

추억염 증세란 물수제비뜨듯 물위를 달리다가 곧 가라앉
을 저녁의 파문 같은 것 다시 땅속으로 곤두박질치려는 몸
에 가까스로 닿은 박모를 만지며 사라진 빛들은 지금 그곳
에 있느냐고 차마 묻지 못하는 눈빛 같은 것

나의 추억염은 유일한 불치병이라 세상에는 나의 몸이 일
러주는 이 순간과 늘 그리운 그대만이 있어서 어쩔 수 없이
추억염을 앓았다고나 할까

어느덧나무

작고 붉은 꽃이 피는 나무가
있었다

어김없이
꽃이 진다고 해도 나무는
제 이름을 버리지 않았다

어김없이 어느덧
흐릿한 뒤를 돌아보는 나무
제가 만든 그늘 속으로 들어갈 수는 없었다

어느덧나무 어느덧나무
제 이름을 나지막하게 불러보는 나무를
떠나간 사랑인 듯 가지게 된 저녁이 있었다

출가한 지 오래된 나무여서
가까이할 수 있는 것은 이름밖에 없었다

정월

나이를 한 살 더 받은 정월 아침에

볕 바른 창가에 앉아 발톱을 깎다보니

습관대로 엄지발톱을 너무 바싹 깎은 것이다

그믐달인 듯

빈 숟가락인 듯

드러난 붉은 살

내 것이 아닌 것을 죄다 버리고 나면

염전의 소금처럼 될 수 있을 거라 생각했을까

발톱이 자라 맨몸을 덮기까지

혼자 감당해야 할 추위가 너무 투명한 정월

가랑비 오는 저녁에 닿다

집 근처 거리에
감 하나가 제가 만든 그늘 속에 떨어져 있다
한때 단단했던 것도 너무 오래 붉으면 무른다
물러서 터진 것이 질척거리는 보도로 흘러나와
오늘은 가랑비 오는 저녁에 닿는다

이별의 몸이 흥건한 땅바닥에서
그가 둥둥 떠 있던 허공의 어떤 행복으로
괜히 뒷걸음질쳐보고 싶은 저물녘에
나는 와 있는 것이다

뒷걸음으로 가면
주지 말았어야 할 상처들과
들지 말았어야 할 길들을 그냥
지나쳤을 것만 같고
뒷걸음으로 더 멀리 가면
잘 여문 사랑을 다시 찾을 것만 같은데
끝내는 떨어져 온몸으로 가랑비 맞는 감

떨어지고 나서도 마저 익어가는 감 하나가
오늘은 가랑비 오는 저녁에 닿아서
그 붉은 속살 속으로 걸어들어가보는 것인데
뒤뚱거리며 앞으로만 가는 저녁을

이 몸은 벗어날 수가 없다 　　　　　　　　　　　　—

산앵두나무와의 가위바위보

동네 입구 꽃집 구석에는
잔가지들을 함부로 거느린 나무가 있어서
오고 가는 길에 볼품없더니 산앵두나무란다
산을 버리고 꽃집 구석의 화분에
발목도 없이 웅크리고 앉아
제 몸을 파는 산앵두나무
한철 노숙을 제 얼굴에 드리우고 있어서
많이 여위었다 여기었더니
삼월 어느 저녁엔 나를 불러 연두 주먹을 내보인다
이내 주먹을 펴 보인다
다음엔 필경 분홍의 무언가를 낼 심사인데
나는 연두도 분홍도 못 되는
기껏 빈 손바닥을 쳐다보다가
무엇을 내도 필패이려니 싶어
그냥 그 나무 옆에 집 없는 사람처럼
서 있다가 왔다

삼월의 속수무책

초봄날 오전, 내게 오는 볕의 마음은
그 생김이 ㅁ 같기도 하고 ㅇ 같기도 해서
지루한 햇살을 입안에 넣고
미음 이응 우물거려보다가
ㅁ과 ㅇ의 안쪽을 기웃거려보다가

기어이 낮술 몇 잔으로 밑이 터진
사람의 마음을 걸치고
사광에 늘어진 그늘 가까이 이르러서야
빛으로 적막한 삼월의 마음에는
들어가는 문이 없다는 것을 안다

서둘러 활짝 핀 산수유 꽃나무가 제 속을 뱉어
어룽대는 그늘을 먼발치에도 오래 드리우는데
그 노란 꽃그늘을 머리에 이고 집으로 가는 사람이 있어
안팎을 드나드는 ㅁ과 ㅇ이 저런 풍경이라면
누구를 위해 그늘을 만들어본 적이 없는
두 발 단 것들은 속수무책이다

비가 들이치는 노량진 수산시장 초입에
어물 가게 간판이 가당치 않게 망향수산이다
북해의 고등어와 오호츠크해의 명태와
늘어진 중국산 낙지를 좌대에 내어놓고는
비린내 나는 수사처럼
정말 파리를 날리고 있다
낯선 억양의 여인이 그렇게 앉아 있다

환히 불 밝힌 시장 안쪽에서는 어김없이 간판에
여수나 부산, 주문진을 내걸고 흥정이 한창이고
망향수산 넓은 도마에서는
토막토막 잘려나간 기억들처럼
오래된 냄새를 풍기며 망향의 내력이 말라가고 있다

손님들은 둘러보고 다시 오겠노라고 하지만
돌아오라는 말이나 돌아간다는 말
망향수산에서는 조금은 가슴 아픈 클리셰
국내산이라고 써놓은 삐뚜름한 아이러니도
덩달아 비 맞는 초입이다

갔던 길 되짚어 망향수산 앞에 서는 건
바깥에 비가 오기 때문인데
고향이 어디냐고 물을까 망설이다가

그런 건 소설가나 하는 짓이다 싶어
손질한 생선 한 손 전해 받는다
가질 수 없는 내장은 남겨두고 출구를 나선다

산비둘기가 운다

엄동설한 어둠 속에서 산비둘기가 운다
희미하다
아직은 모두들 잠들어 있는 새벽
고층 아파트 단지의 어느 잎 진 나뭇가지에 서서
산비둘기 한 마리가 욱욱거리고 있다

누구나 살다보면
산을 버린 산비둘기의 내력이 궁금해지는 미명이 있고
조간신문에 실린 왕따 열일곱 살의 유서를 읽으며
산비둘기 소리를 들어야 하는 새벽이 있다

가족들의 방문을 바라보며 서성거리던
불 꺼진 거실의 몇 분이 있었겠다
새벽에 엘리베이터를 타고 올라가
아파트 옥상 철문을 마저 열어야 했던
생전의 마지막 몇 걸음이 있었겠다

신문은 그저 신문이려니 하기에는
흐릿하다가 먹먹하다가 산비둘기가 운다
노래하는 것도 아니고
지저귀는 것도 아니고
산비둘기는 그저 울 뿐
어떤 새벽에는 입을 막고 흐느끼기도 한다

먼 길

시골 버스 정류장 앞에는 볕 잘 드는
국숫집이 있어서 창가 나무탁자에 앉아서도
먼 길을 가는 사람이 있다
저들은 오늘 버스를 놓친 것일까
정류장이 둘만의 오래된 끼니인 듯
늙은 엄마와 다 큰 아들이 국수를 시켜놓고
까마득한 행선지 하나를 시켜놓고

국수가 나와도 탁자를 박자껏 두드리기만 하는 아들의
중증 독방을 앓는 손가락에는 먼 길이 숨어 있어서
몸이 굵은 아들에게 먼 가락을 물려주는 엄마의 젓가락
에는
먼 길이 숨어 있어서

떠나간 버스가 아직도 흙먼지를 날리는
국숫집 창가 자리에는
비가 오지 않아도 젖은 길이 있다
놓친 버스를 잡으려 장화 신고 걸어온 세월의 옆얼굴들을
말없이 어루만지는 봄볕

주머니에서 손수건을 빼려다
접어 넣은 먼 길까지 와락 쏟아져나온다
동서남북이 다 닳은 주머니 안으로

구겨진 것들을 도로 집어넣는 엄마
그녀는 결국 숨겨놓은 먼 길을 들키고 만 것인데
다만 오래 걸어가야 하는 것뿐이란다 아들아
먼 길을 가려면 아들아 너도
국수를 잘 먹어야지

오래된 서정, 그 따뜻한 한 그릇의 말

고형진(문학평론가)

1. 혼자 남은 자의 슬픔

세상이 점점 진화하여 생활에 편리한 것들이 더 많이 나오고, 몸과 마음을 즐겁게 하는 놀이들이 더 많이 등장하여 사람들을 끝없이 만족시켜도 일상에 별다른 도움을 주지 못하는 서정시를 찾아, 그것을 읽으며 마음의 안식을 얻으려는 이들이 여전히 적지 않다. 아주 옛부터 전해져오던 그 오래되고 낡은 방식의 노래는 너무나 변해버린 오늘의 삶의 형식과는 어울리지 않지만 그래도 사람들은 그것을 곁에 두고 살아간다. 우리의 문화 가운데 옛 투의 양식이 벽에 걸어놓은 장식이 아니라 생활 속에서 함께 호흡하고 있는 것은 음식과 서정시 정도일 것이다. 이토록 모든 게 빠르게 진행되는 시대에 그토록 천천히 한 글자 한 글자를 읽어내려가야 하는 서정시를 아직도 많은 사람들이 찾고 그리워하는 이유는 무엇일까? 그것은 서정시가 세상에서 변하는 않는 것들, 그래서 우리 삶의 근본을 이루는 것들을 다루기 때문일 것이다. 꽃과 나무와 새, 그리고 산과 강은 여전히 자연의 모습 그대로 그 자리를 지키고 있다. 사람의 마음도 마찬가지이다. 과학은 발달할지 몰라도 사람의 마음과 생각은 발전하지 않는다. 그것은 다만 되풀이될 뿐이다. 천 년 전의 사랑과 이별, 그리고 유한한 존재인 인간의 숙명은 오늘 이 시간에도 반복되고 있다. 그러니 자연을 바라보며, 인간의 아득한 내면을 노래하는 서정시는 오늘도 따뜻한 체온을 유지

한 채 세상 사람들에게 정다운 친구가 되어주고 있다.

 심재휘의 시에서 우리는 다정하게 손짓하는 오랜 친구를 만나게 된다. 진정한 친구일수록 곁에 있는 사람이 오래 앓고 있는 아픔을 헤아리듯이 심재휘의 시는 인간 모두에게 드리워진 숙명적인 삶의 처지와 감정들을 고요히 돌아보고 따뜻하게 어루만진다. 인간에게 부여된 그 근본적인 물음들은 오랜 기간 지속되어온 것이기에 그것이 진정한 목소리가 되기 위해서는 무엇보다도 상투적인 시선과 말들로부터 벗어나야 할 것이다. 심재휘는 그 오랜 질문을 새로운 눈으로 읽고 다른 언어로 전해준다. 시인이 시집 내내 가장 많이, 그리고 깊게 응시하고 있는 것은 지상에 존재하는 것들이 겪는 홀로됨의 운명이다. 시인은 자연물과 일상에서 혼자 남는 자의 처지와 그 내면을 조용히 들여다본다.

 담배를 문 노인이 구부정한 밀밭가에
 몇 그루의 나무가 있어서 너무 너른 들판이었다

 밀은 갓 자라 그저 푸릇하기만 하고
 나무들은 가보지 못한 땅끝을 바라보고 있었다
 가지마다 새집을 너무 매달고 있었다

 새집들은 둥근데 성글어서 모두 속이 훤했다
 새들이 떠난 지 몇 계절이 지난 빈집들이었다

나무들은 어쩔 수 없이 서 있는 검불인 듯
길어진 그림자를 등지고 우듬지만 겨우 환해서
헐거운 자세가 높고 깊었다

그곳에 나무만 혼자 사는 빈집이
여러 채 있었다

—「빈집」전문

  시인은 넓은 들판의 한쪽에 서 있는 몇 그루의 나무를 바라본다. 세상의 모든 느낌은 상대적인 것이어서 몇 안 되는 나무들은 넓은 들판을 더 크게 만들고, 나무의 존재감을 더 작고 초라하게 만든다. 들판엔 생명이 약동하고, 그 끝은 한없이 뻗어 있지만, 나무는 땅속에 붙박여 있어 그곳으로 다가갈 수 없다. 외로움은 그렇게 그리움을 낳고, 그리움은 외로움을 더욱 가중시킨다. 움직일 수 없는 나무의 외로운 처지를 달래줄 수 있는 것은 새들이다. 새들은 붙박여 있는 나무에 깃들어 집을 짓고, 외로운 나무는 더 많은 새들에게 집을 내주면서 그만큼의 외로움을 던다. 하지만, 자유롭게 날아든 새들은 다시 자유롭게 날아가버리고, 나무는 혼자 남아 새들이 남기고 간 빈집들을 안고 산다. 나무는 외롭게 태어나, 자기 몸의 일부를 새들의 집터로 제공하며 외로움을 달래는 듯했지만 새들은 떠나가고 결국은 빈집만 안은 채

이전보다 더 외롭고 초라하게 살아가고 있다. "어쩔 수 없이 서 있는 검불"은 혼자 남아 생명력을 잃어가는 나무의 처연한 모습을 생생히 드러내는 뛰어난 비유이다.

크고 반듯한 돌이 낯선 땅에 눌러앉은 지가 오래된 폐허다
집을 이고 사람을 지고 신들을 받쳐들어야 했던 돌
스스로 집이라고 생각하도록 세월이 길었다

마침내 집은 무너지고 기둥마저 넘어지고
구름들조차 흩어진 날에 혼자 남은 돌은 자유를 얻었을까
함부로 우거진 풀들처럼 세월은 자라 수없이 피고 졌는데
혼자 남은 돌은 자유를 너무 오래 감당한 것일까
표정마저 폐허가 된 돌들이 있어서

옛날의 돌로 돌아갈 수 없는 주춧돌 위에 앉아
조금은 오래 앉아 있자고 생각한다
　　　　　　　　　—「혼자 남은 돌—포로 로마노」 전문

로마에서 쓰여진 이 시에서도 시인의 시선은 혼자 남은 존재를 향하고 있다. 이 시의 '돌'도 앞선 시의 '나무'와 마찬가

지로 같이 있던 것들이 다 사라지고 홀로 제자리에 남아 있다. 그런데 나무와 함께 지냈던 새의 떠남이 자유롭게 자기 길을 찾아간 것이라면, 돌과 함께 '집'을 형성하였던 것들의 사라짐은 세월과 함께 무너지고 넘어져버린 것이다. 또, 나무는 비록 새가 떠나도 자신의 존재까지 지워지지는 않으나, 돌은 자기와 함께했던 것들이 모두 떠나자 자신을 지탱하였던 '집' 자체가 없어진 것이다. 이 점에서 돌의 홀로됨은 인간 삶의 여러 초상과 겹쳐 읽힌다. 그것은 나이를 먹어 가족이나 친구들이 모두 떠난 이후에도 혼자 남아 소속감을 잃은 채 외로이 지내는 노인의 망연함, 또는 어떤 회사의 구성원들이 모두 떠나고 조직은 해체된 채 혼자만 남아 있는 수장의 막막함을 떠올리게 한다. 지금은 폐허가 된 그 옛날의 화려했던 유적지를 돌아보며 남아 있는 돌에 시선을 맞춘 이 시는 혼자 남은 자의 슬픔을 상징적으로 보여준다.

그런가 하면 시인은 혼자 남은 돌에서 외로움과 자유의 의미를 되새겨본다. 집이 무너지고 사라지는 것은 그 돌이 그동안 짊어지고 있던 것들로부터 벗어나는 것이니 그는 마침내 자유의 몸을 얻게 되는 것이리라. 하지만 돌은 자유를 얻은 대신 자신의 역할을 잃고, 자신의 몸이기도 한 집이란 조직을 완전히 상실하였다. '표정마저 폐허가 된 돌'이란 표현은 자신의 정체성을 잃은 자유가 지닌 정신적 황폐함을 잘 드러낸다. 시인은 혼자 남은 자가 겪는 마음의 상처를 섬세하게 헤아려보고 있다. 그 돌 위에 조금은 오래 앉아 있겠다

고 하는 것은 그렇게 홀로된 돌의 아픔을 위무하려는 시인
의 다정한 마음의 표시일 것이다.

　자연의 나무와 돌을 바라보며 홀로됨의 처지와 마음을 헤
아리던 시인은 그 시선을 일상의 세계로 옮겨온다. 그의 서
정시는 자연과 일상을 오가고 있으며, 그 양쪽을 바라보고
유지하는 시선과 마음가짐은 늘 한결같다. 그래서 그의 시
는 자연과 일상이 물 흐르듯이 자연스럽게 하나의 세계로
통합되어 진술된다. 시인은 자연이든 일상이든 주변의 소음
과 번잡함을 물리친 이후에 비로소 눈에 들어오는 미약한
존재의 목소리를 엿듣는다. 나무와 돌의 홀로됨은 모두 여
행지에서, 또는 도심에서 떨어져나와 주위의 소란함을 멀리
하고 발견해낸 것들이다. 시인은 이제 일상에서 고요히 혼
자만의 시간을 갖고 주변의 혼자 남은 자들에게 다가가 일
상의 소음 속에 가려져 있던 그들의 신음 소리에 귀를 기
울인다.

　　엄동설한 어둠 속에서 산비둘기가 운다
　　희미하다
　　아직은 모두들 잠들어 있는 새벽
　　고층 아파트 단지의 어느 잎 진 나뭇가지에 서서
　　산비둘기 한 마리가 욱욱거리고 있다

　　누구나 살다보면

산을 버린 산비둘기의 내력이 궁금해지는 미명이 있고
조간신문에 실린 왕따 열일곱 살의 유서를 읽으며
산비둘기 소리를 들어야 하는 새벽이 있다

가족들의 방문을 바라보며 서성거리던
불 꺼진 거실의 몇 분이 있었겠다
새벽에 엘리베이터를 타고 올라가
아파트 옥상 철문을 마저 열어야 했던
생전의 마지막 몇 걸음이 있었겠다

신문은 그저 신문이려니 하기에는
흐릿하다가 먹먹하다가 산비둘기가 운다
노래하는 것도 아니고
지저귀는 것도 아니고
산비둘기는 그저 울 뿐
어떤 새벽에는 입을 막고 흐느끼기도 한다
                    —「산비둘기가 운다」 전문

  시인은 새벽에 깨어나 창밖의 새소리를 듣고 조간신문을
읽는다. 모두가 잠들어 있는 새벽은 혼자만의 시간이다. 홀
로된 시간에 홀로된 자만이 비로소 홀로된 이의 처지를 진
정으로 헤아릴 수 있을 것이다. 시인은 그렇게 홀로되어 산
비둘기의 내면의 소리를 듣는다. 산비둘기가 자신의 삶의

터전인 산을 버리고 사람 편인 아파트 단지 근처에 기거하며 외로이 울고 있는 소리를 듣는 것이다. 조간신문엔 따돌림을 당해 자살한 열일곱 청춘의 유서가 실려 있다. 시인은 그 기사를 읽으며 그의 자살 직전을 상상한다. 그가 새벽에 자살하기 전 캄캄한 거실에서 잠들어 있는 가족들의 방문을 잠시 쳐다보며 서성거렸을 모습, 또 새벽에 투신하려고 홀로 엘리베이터를 타고 올라가 마지막으로 옥상의 차가운 철문을 열고 들어갔을 모습을 상상한다. 잠들어 있는 가족의 방문 앞을 서성거린 몇 분, 그리고 옥상으로 올라가 철문을 열기까지의 몇 걸음은, 그가 이 세상에서 겪었을 가장 외로운 시간이었을 것이다. 그 순간 고층 아파트의 어느 잎 진 가지에서 울부짖는 산 떠난 산비둘기의 외로운 울음은 그의 슬픔을 고스란히 반영하고 있다. 시인은 자연스럽게 자연 속의 새와 일상 속의 왕따 청춘이 처한 홀로됨의 아픔을 동시에 전하고 있다. 그것은 시 속 주인공의 감정을 자연물에 의탁시키는 전통적인 서정시의 문법에도 잘 부합하는 것이다. 이러한 시적 태도로 그의 시는 감정의 범람을 일으키지 않으면서 홀로된 이의 슬픔을 잘 드러낸다. 그러나 추측과 전달 화법을 섞어가며 시종일관 담담하게 진술할 뿐인 이 시가 듣는 이의 가슴을 아프게 후벼파는 것은 왕따의 슬픔을 산비둘기의 울부짖음으로 대치시켜서만은 아니다. 그 아픔의 전달은 새벽에 깨어난 시인이 새벽에 외로이 죽어간 왕따의 먹먹했던 최후의 시간 속으로 마음 깊이 다가갔기 때문이다. 혼자 남은 자의 슬픔을 노래한 그의 시가 각별한 것은, 그렇게 그들의 내면과 진정으로 가슴을 맞댔기 때문이다. 심재휘의 시는 규범적인 서정시가 어떻게 '온몸'으로 쓰여질 수 있는지를 잘 보여주고 있다.

2. 떠나간다는 것

지상의 존재가 겪는 홀로됨의 운명에 가슴을 맞댄 시인은 그들의 떠나감의 운명에도 시선을 보낸다. '떠나감'은 '홀로됨'과 짝을 이루는 행위이다. 주위의 것들이 모두 떠나감으로써 그는 홀로됨의 처지에 놓인다. 홀로된 자는 떠나가는 것에 대해 예민하게 반응하기 마련이다. 떠나감은, 그것이 불가항력적인 것이라면 홀로됨과 같은 처지의 일이기도 하다. 원하지 않는 떠남은 또다른 홀로됨의 방식이다. 상대가 떠남으로써 홀로되기도 하지만, 본인이 떠나면서 홀로되기도 한다. 떠나감은 타자에게 홀로됨을 안기고, 스스로 홀로되는 일이기도 한 것이다. 시인이 존재의 떠나감에 시선을 보내는 것은 존재의 홀로됨의 운명을 더 넓은 시야로 포착하려는 시도라고 할 수 있다.

시인은 '떠나감'에 대해서도 그러한 존재의 내면을 '온몸'으로 전한다. '떠나감'은 시인의 삶의 중요한 일부이고, '떠나감'의 서러움은 그의 유전자에 들어 있는 원형질이다. 시

인은 고향인 강릉을 떠나 서울서 살고 있으며, 그러한 탈향
체험이 그의 시적 상상력의 원천을 이룬다. '떠나감'에 대
한 그의 시편은 자신의 삶의 추억을 인화시킨 것이다. 자기
경험의 시적 육화는 일인칭 화자의 육성을 기초로 한 서정
시 형식에 더없이 알맞은 시적 방식이다. 시인은 여기에 특
유의 예민하고 섬세한 감각을 덧붙여 떠나감의 운명이 지닌
내면의 목소리를 전한다.

　　강릉의 이월은 늘 떠나는 표정을 하고 있어서
　　어릴 때에는 그 침침하고 마른 번짐이 싫기도 했다
　　대관령을 넘어 강릉을 떠나던 그해 이월도
　　이제는 만질 수 없도록 멀어지더니
　　어느덧 이월의 모든 나무는
　　바람의 모양으로 서 있다는 것을 알게 되었다
　　채 잎을 틔우기 전에 어디로인가 바라보는 모습을
　　제 몸에 새기고 있는 나무들
　　　　　　　　　　　　　　　　　—「이월 강릉」 부분

　시인이 자신의 고향인 강릉에서 겪은 이월의 경험을 적
은 이 시는 '떠나감'에 대한 내면의 느낌을 섬세하게 그리고
있다. 시인은 고향인 강릉서 살 때 이월의 느낌이 늘 떠나
는 표정을 하고 있었고, 정든 고향을 떠나던 때도 이월이었
다고 회상한다. 이월에 대한 그런 느낌은 강릉의 바닷가 바

람에서 비롯된 것이고, 그것이 실제 삶의 이력에서 더욱 굳어진 것이다. 바람은, 더구나 바닷가의 바람은, 늘 어디론가 떠나는데, 이월의 바람은 그러한 느낌을 더욱 고조시킨다. 겨울과 봄의 중간에 낀 이월은 눈이 내리는 계절도 나무에 물이 오르는 계절도 아니어서 대기는 빳빳하게 말라 있다. 그렇게 물기 없는 강릉의 이월은 침침하고 마른 바닷가 바람만이 번지고 있을 뿐이고, 그런 느낌이 시인은 싫었던 것이다. 떠나가고, 또 그것을 촉진시키는 마른 느낌에 대한 생래적인 거부감을 시인은 감각적으로 드러내고 있다. 이월의 나무에 대한 독창적인 묘사는 그러한 시인의 내면이 반영된 것이다. 잎 진 나무의 마른 형상에서 상상 속의 바람을 떠올리고, 잎이 져 앙상하고 길게 뻗은 나뭇가지에서 목을 길게 빼고 먼 곳을 바라보는 모습을 생각하는 것은 떠나가는 것에 대한 불안하고 서글픈 마음이 투영된 것이다. 시인은 여기서도 삶의 경험을 서정시의 문법 안에 자연스럽게 녹여내고 있다.

유년의 고향과 탈향 체험에서 체득된 '떠나감'에 대한 각별한 반응은 정서적이고 감각적인 차원을 넘어 보다 깊은 사유의 단계로 나아가고, 시의 대상도 확대된다. 시인은 도심의 외진 동네에서, 사람들이 오가는 터미널 부근의 카페에서, 그리고 자신의 고향에서 떠나는 모든 것들을 깊이 응시하며 그 의미를 성찰한다. 시인은 떠나감의 상태와 움직임을 더 구체화해 떠나는 것과 흩어지는 것과 사라지는 것들을 나누어 관찰하면서 다양한 시적 사유를 펼쳐나간다.

바람 부는 날
강릉 송정의 해송숲에 가면
뒤척거리는 평지가 있다 한때 무덤이었던 것들
바닷가 주인 없는 땅의 허물어진 봉분들

(중략)

죽어서도 찾아가야 하는 자리가 있다는 듯
바다 쪽으로든 산맥 쪽으로든 몇 줌의 흙
아침저녁으로 바뀌는 바람에 얹혀
기어이 더 흩어지고는
이제는 그냥 봉분이 있던 자리

다들 어디로 갔을까
헤어짐이란 서로 멀어지는 것이 아니라
원래 있던 자리로 돌아가는 것이라고
해송숲이 심히 흔들리는 날
들어보면 숲에는 파도 소리만 가득한데
제자리란 원래 없는 것이라고
숲에는 갈 데 없는 파도 소리가 가득한데
                              ―「봉분이 있던 자리」 부분

바닷가에 있는 봉분의 흙이 바람에 흩어져 사라지는 것을 보고, 시인은 헤어짐이란 서로 멀어지는 것이 아니라 원래 있던 자리로 돌아가는 것이라고 말한다. 봉분의 흙은 땅에 있는 흙을 봉분의 제작을 위해 가지고 온 것이니, 바람에 날려 땅으로 흩어진 흙은 흙의 원래 자리로 돌아간 것이라는 뜻이다. 그때 해송숲에서 파도 소리가 들려오자 시인은 다시 제자리란 원래 없는 것이라고 말한다. 해송숲에서 울리는 파도 소리는 파도 소리의 파장이 해송숲에 부딪쳐서 일어나는 소리이다. 해송숲의 파도 소리는 바다의 파도에서 생겨 해송숲에서 다시 생산된 것으로서 그것은 이미 파도 소리가 아니고 숲 소리인 것이다. 그 소리는 다시 바다로 돌아가 파도 소리가 될 수 없고 숲에서만 울릴 수 있을 뿐이다. 이런 현상을 두고 시인은 제자리란 원래 없는 것이라고 생각해보는 것이다.

　시인은 이 시에서 떠나고 사라지는 것의 슬픔보다는 그것이 우리 삶에서 어떤 의미를 지니는 것인가를 자연물의 변화를 통해 성찰하고 있다. 사물의 모습과 움직임을 보고 삶의 본질이나 이치를 골몰히 사유하는 것은 시의 중요한 기능 중 하나이다. 그것은 사물에 대한 남다른 감각과 관찰과 상상력이 요구되는 것으로 감성적이면서 지적인 작업이다. 심재휘는 규범적인 서정시의 오랜 방식을 따르면서 독자들에게 시 읽기 본연의 깊은 즐거움을 선사하고 있다. 시인은 「안녕! 풍전여관」이란 시에서는 고향에서 애착을 가졌던 시설물이 사라진 것을 두고 물리적인 시간의 흐름과 기억의 문제를 성찰하고 있다. 풍전여관은 시인의 고향인 강릉의 경포 바닷가 솔숲에 있던 여관이다. 시인이 고향서 살때 그 여관방에서 동쪽을 향해 누우면 동해 바람이 미리 불어와 반겨줄 만큼 그에게 안온한 행복을 주던 곳인데 지금은 사라져버렸다. 고향을 떠나 오랜 기간 세상을 살면서 신었던 수많은 신발들은 기억하지 못하지만, 그 풍전여관에서 맨발로 지냈던 기억만은 시인의 가슴 속에 남아 있다. 시간이 흘러 물리적인 사물은 사라지고, 젊음도 사라지지만 행복했던 시절의 추억은 그렇게 쉽게 사라지지 않는다. 추억의 잔존은 그곳에서의 재생을 갈구하게 되어 그곳의 부재를 더 아프게 한다. 이 시는 물리적인 사물의 사라짐과 추억의 사라짐의 불일치가 사람들을 쓸쓸하게 만드는 것을 보여준다. 그것은 우리가 일상에서 흔히 경험하는 감정이지만, '풍전여관'이란 향수 어린 지명에 바탕한 경험 현실의 재구를 통해 우리들 마음속에 다시 한번 뚜렷이 각인시킨다.

떠나감의 가장 비극적 순간은 생명체의 죽음일 것이다. 그것은 떠나감의 마지막 지점이기도 하다. 떠나는 모습의 인접 현상들, 즉 흩어지고 사라지는 것들은 모두 죽음의 지점에서 만난다. 죽음은 생명체 모두가 맞이하고, 누구도 거역할 수 없는 삶의 공평한 운명이다. 떠나감에 대한 본능적인 감성에서 시작해 그것의 여러 의미를 성찰한 시인이 그

것의 마지막 단계인 죽음에 대해 깊은 시선을 보내는 것은
자연스러운 일이다. 시인은 여기서 다시 한번 자연의 모습
을 관찰하고, 그곳에서 포착한 이미지를 시의 형식 안에 치
밀하게 변주시켜 생명체가 겪는 죽음의 여정을 처연하게 보
여준다. 구체적인 이미지를 일관되게 밀고나간 이 시에서
그의 서정시는 절정에 이른다.

집 근처 거리에
감 하나가 제가 만든 그늘 속에 떨어져 있다
한때 단단했던 것도 너무 오래 붉으면 무른다
물러서 터진 것이 질척거리는 보도로 흘러나와
오늘은 가랑비 오는 저녁에 닿는다

이별의 몸이 흥건한 땅바닥에서
그가 둥둥 떠 있던 허공의 어떤 행복으로
괜히 뒷걸음질쳐보고 싶은 저물녘에
나는 와 있는 것이다

뒷걸음으로 가면
주지 말았어야 할 상처들과
들지 말았어야 할 길들을 그냥
지나쳤을 것만 같고
뒷걸음으로 더 멀리 가면

잘 여문 사랑을 다시 찾을 것만 같은데
끝내는 떨어져 온몸으로 가랑비 맞는 감

떨어지고 나서도 마저 익어가는 감 하나가
오늘은 가랑비 오는 저녁에 닿아서
그 붉은 속살 속으로 걸어들어가보는 것인데
뒤뚱거리며 앞으로만 가는 저녁을
이 몸은 벗어날 수가 없다
　　　　　　　　—「가랑비 오는 저녁에 닿다」 전문

　집 근처 거리에 감이 하나 떨어져 있다. 감은 감나무의 꽃
이 핀 자리에 작은 열매로 맺혀 굵고 단단한 열매로 성장하
여 가지 위에 매달려 있다가 시간이 흐르면서 땅으로 떨어
졌을 것이다. 감은 그 이후에도 계속 익어가다 종래에는 물
러 터져서 흐물거리는 자신의 몸을 밖으로 드러내 보도를
질척이게 한다. 감은 땅에 떨어져 자신의 삶의 터전과 작별
하고, 보도 위를 질척이는 물질이 되면서 자신의 몸과도 이
별하려고 한다. 감의 낙과와 그 후의 과정에 대한 이 치밀
한 묘사는 하나의 생명체가 죽음에 이르는 과정이 떠나고
버리는 일의 연속이라는 것을 서늘하게 확인시켜준다. 시인
은 감의 생에 대한 이 사실적 묘사 위에 하나의 생각을 덧붙
인다. 생의 마지막 지점에 도달한 감이 자신의 지난 시간을
돌이켜본다는 생각이다. 시인은 떠나감을 응시하면서 그것

을 따라가지 않는 추억의 잔존을 늘 생각한다. '둥둥 떠 있
던 허공의 행복'은 감의 추억에 대한 시인의 생각이 빚어낸
눈부신 비유이다. 그 이미지는 생의 행복이란 것이 결국 허
공 위에 떠 있는 것이어서 조만간 떨어질 수밖에 없는 운명
을 지닌 것이라는 것을 선명하게 각인시킨다. 감은 자신의
생을 계속 반추하면서 아쉬웠던 지난 일들을 바꿔보고 싶지
만 지상의 순리는 두 번의 생을 허락하지 않는다. 생은 오
직 앞으로만 나아갈 수 있을 뿐이다. 감은 계속해서 익어가
거의 물이 되고, 그 위에 가랑비가 내리자 빗물에 섞여 자
기 존재를 완전히 상실하고 만다. '가랑비 오는 저녁에 닿
다'란 이 시의 제목은 멈출 수 없는 생의 진행으로 결국은
마지막 지점에 도달한 감의 일생을 잘 전해준다. 저녁은 시
간의 마지막 지점을 상징한다. 시인은 감의 소멸을 '저녁에
닿다'라고 말함으로써 시간의 거역할 수 없는 흐름을 감각
적으로 드러내고 있는 것이다. 이 시는 죽음을 향해 가는 생
의 과정을 '낙과'의 이미지를 통해 더없이 처연하고 아름답
게 보여주고 있다.

3. 먼 길의 동행

  지금까지 지상의 존재가 겪는 홀로됨과 떠나감의 처연한
운명을 그리고 있는 심재휘의 시에 대해 살펴보았지만, 그

렇다고 그의 시집이 그러한 비가(悲歌)만으로 채워지고 있는 것은 아니다. 시인은 떠나가고 홀로되는 삶의 슬픈 내면을 노래하면서도, 또 한편으론 그런 삶의 과정 안에서 그것을 극복하고 넘어서는 삶을 상상한다. 그는 먼저 그런 슬픈 삶의 순간을 잊고 지우는 상태를 꿈꾼다. 떠나가고 홀로되는 것이 어쩔 수 없는 삶의 운명이라면 그런 조짐이나 흔적을 지우고 잊으면서 잠시 그것으로부터 벗어나는 것은 나약한 지상의 존재가 할 수 있는 첫번째 일일 것이다. 인간은 꿈과 상상의 동물이어서 실제의 삶과는 무관하게 마음속으로 삶의 느낌을 조절할 수 있다. 인간은 감정을 지닌 존재이므로 느껴지는 삶은 실제의 그것 못지않게 중요하다. 시인은 먼저 내리는 '눈'을 보고 떠나가고 홀로되는 삶의 흔적을 지우는 상상을 한다.

아주 떠나버리려는 듯
가다가 다시 돌아와 소리 없이 우는 듯이
눈이 내린다
어깨를 들썩거리다가 뛰어가다가 뒤돌아서서
폭설이 퍼붓는 길이다 그러면 이런 날은
붉은 신호등에도 길을 건너가버린 그 사랑이
겨우 보이도록 흐릿해져서
이런 날은 도무지 아프지가 않다

부풀어오른 습설이 거리에 온통 너무 흩날려
　　이편과 저편의 경계가 지워진 횡단보도는
　　건너지 않는 자들도 그냥 가슴에 품을 만하다
　　길 옆 나무가 내게 손을 내미는지
　　내게서 손을 거두어가는지 알 필요가 없고
　　휘청거리는 저녁은 어디쯤에 있는지
　　이별은 푸른 등을 켰는지
　　분간할 필요도 없어서
　　　　　　　　　　　　　　　　—「폭설, 그 흐릿한 길」 부분

　시인은 눈 내리는 날의 풍경을 묘사하며 그것에 감정을 투
영한다. 이 시의 풍경에서 '신호등', '횡단보도' 등의 소도구
들은 떠나가는 것을 상징하는 것들이다. '붉은 신호등에도
길을 건너가버린 사랑'이란 막을 수 없는, 일방적인 이별의
통보일 것이다. '횡단보도'는 이쪽과 저쪽을 갈라놓는 장치
이다. '저녁'은 시간의 떠나감이 마지막에 이른 지점을 가리
킨다. 저녁이 함축하고 있는 그런 상징적 의미는 심재휘 시
에서 여러 번 구사된 바 있다. '나뭇가지'는 이별 또는 만남
의 손길을 가리킨다. '나뭇가지'가 인간의 마음의 몸짓에 대
한 비유로 사용되는 것 역시 그의 시에서 자주 나타나는 현
상이다. 눈은 떠나는 것을 가리키는 모두 존재나 현상들을
흐릿하게 만들어 그 흔적을 지워준다. 신호등의 색과 횡단
보도의 표시를 가리고, 저녁의 노을과 컴컴한 공간도 모두

흰색으로 채색해 저녁의 시간대를 순백의 공간으로 채운다. 눈은 떠나간 사랑의 흔적을 흐릿하게 만들기도 한다. 눈은 비와는 달리 자기 스스로도 떠나가지 않는 속성을 지닌다. 시인은 강설(降雪)을 "아주 떠나버리려는 듯/ 가다가 다시 돌아와 소리 없이 우는 듯이"라고 묘사하여 그러한 눈의 특성을 감각적으로 전해주고 있다. 이렇게 눈은 내리면서 떠나지 않고, 내려서도 지상에 머물러 있다. 그리고 그러한 눈의 속성이 이 지상에서 떠나가는 흔적과 떠나가는 시간들을 모두 가리고 지워준다. 그리하여 시인은 눈이 내리는 날은 도무지 아프지 않다고 말한다.

하지만 눈은 오래지 않아 녹게 되고, 떠나감은 다시 전면에 떠오르게 될 것이다. 눈은 다만 떠나감의 상태를 잠시 잊게 해줄 뿐이다. 그리하여 시인은 떠나고 홀로됨의 운명에 대한 잠시의 망각이 아니라 그러한 현실 안에서 그것을 극복할 수 있는 좀더 적극적인 방식을 모색한다. 그것은 바로 타자에 대한 위로와 그와의 동행이다.

언뜻언뜻 라일락 꽃향기가 있어서
사월 한낮의 그 가지 밑을 찾아가 올려다보면
웬걸, 향기는 오히려 사라지고 맑은 하늘뿐이지
다정함을 잃고 나무 그늘 아래를 걸어나올 때
열없이 열 걸음을 멀어져갈 때
슬며시 다가와 등을 어루만져주는 그 꽃의 향기

술에 취해 집으로 드는 봄밤이라면
기댈 데 없이 가난한 제 발소리의
드문드문한 냄새를 맡다가 문득 만나게 되지
곁에서 열 걸음을 함께 걸어가주는 그 꽃, 향기
놀라서 두리번거리면 숨어서 보고만 있는지
그저 어둠 속 어딘가의 라일락 나무

그리하여 비가 세찬 날
그 나무 아래를 우산도 없이 지나간다면
젖은 걸음을 세워 그 꽃나무 아래에 잠시 머무른다면
오직 한 사람만을 위한 향기를 배우게 되지
젖은 제 온몸으로 더 젖은 마음을
흠뻑 닦아주는 그 꽃의 향기
어디로도 흩어지지 않는 이런 게 진짜 위로지
　　　　　　　　　　　　—「위로의 정본」 전문

　라일락 꽃향기는 그 꽃나무 아래에 있을 때보다 그 꽃나무
에서 멀어져갈 때 더 진한 향기를 전해준다. 자신의 등뒤에
서 풍기는 라일락 향기는 전해받는 기쁨이 배가된다. 보이
지 않는 등뒤는 늘 허전하기 때문이다. 그런가 하면 라일락
은 어느 밤길 외로운 귀갓길에 자신의 꽃향기를 그에게 뿌
려준다. 라일락은 밤에 숨어서 자신의 존재는 드러내지 않

고 오직 향기만을 외로운 발걸음에 전해준다. 또 비 오는 날 라일락은 비에 젖은 몸으로 자신에게 피신해온 사람에게 비를 가려주고 향기도 듬뿍 뿌려준다. 라일락은 자신의 몸은 비에 젖어도 비 맞은 타인을 위해 자신의 모든 것을 내어주는 것이다. 라일락은 제자리에 붙박여 있어 움직이지 못한다. 그 대신 향기를 지니고 있는데, 그것도 멀리 나아가진 않는다. 하지만 그 향기는 외로운 이의 등뒤를 어루만지고, 외로운 밤길의 귓갓길을 위무해준다. 그 향기의 지속은 열 걸음 정도에 불과해서 그 시간이 지나면 사람들은 다시 외로운 길을 걸어가야 하지만, 그 짧은 동안의 동행으로 외로운 이는 나머지 시간의 외로움을 견딜 수 있을 것이다. 그러다 다시 온몸이 비에 젖으면 그는 늘 그곳을 지키고 있는 라일락 꽃나무를 찾아가고, 그때 그 나무는 젖은 자신의 몸보다 더 젖은 그를 위해 자신의 모든 것을 전해준다. 시인은 그런 라일락꽃을 가리켜 '위로의 정본'이라고 말한다.

라일락의 이미지를 통해 전해준 외로운 이와의 따뜻한 동행을 시인은 일상의 세계에서 다시 한번 뚜렷하게 드러낸다. 자연과 일상을 오가며 양쪽의 시선을 하나의 세계로 통합하여 진술하는 그의 시적 태도가 여기서도 그대로 나타난다. 다만, 이 시에서는 자연과의 교감은 다소 줄이고 사람과 그의 행동을 무대 전면에 등장시킨다. 이 시집의 마지막 페이지를 장식하며 인물의 육성으로 끝나는 이 시는 독자들에게 전하는 시인의 마지막 말이 되어 길게 울려퍼진다.

—

—

시골 버스 정류장 앞에는 볕 잘 드는
국숫집이 있어서 창가 나무탁자에 앉아서도
먼 길을 가는 사람이 있다
저들은 오늘 버스를 놓친 것일까
정류장이 둘만의 오래된 끼니인 듯
늙은 엄마와 다 큰 아들이 국수를 시켜놓고
까마득한 행선지 하나를 시켜놓고

국수가 나와도 탁자를 박자껏 두드리기만 하는 아들의
중증 독방을 앓는 손가락에는 먼 길이 숨어 있어서
　몸이 굵은 아들에게 면 가락을 물려주는 엄마의 젓가
락에는
　먼 길이 숨어 있어서

떠나간 버스가 아직도 흙먼지를 날리는
국숫집 창가 자리에는
비가 오지 않아도 젖은 길이 있다
놓친 버스를 잡으려 장화 신고 걸어온 세월의 옆얼굴
들을
　말없이 어루만지는 봄볕

주머니에서 손수건을 빼려다

—

접어 넣은 먼 길까지 와락 쏟아져나온다
동서남북이 다 닳은 주머니 안으로
구겨진 것들을 도로 집어넣는 엄마
그녀는 결국 숨겨놓은 먼 길을 들키고 만 것인데
다만 오래 걸어가야 하는 것뿐이란다 아들아
먼 길을 가려면 아들아 너도
국수를 잘 먹어야지
—「먼 길」 전문

　어느 시골의 버스 정류장 옆 국숫집에서 늙은 엄마와 다
큰 아들이 마주 앉아 국수를 먹고 있다. 아들은 중증 지체 장
애자이다. 떠나가는 버스와 그 버스 뒤로 국숫집을 향해 날
려오는 흙먼지는 이 모자(母子)가 사회적으로 뒤처지고 있
는 인물들임을 가슴 찡하게 전해준다. 그 모자는 그렇게 낙
오된 채 한 끼 식사를 해결하고 있는데, 그 몸짓은 더욱 어
설프고 더디다. 늙은 엄마는 거동이 불편한 다 큰 아들을 위
해 국수를 먹여준다. 늙은 엄마의 그 손길은 라일락이 전하
는 향기와 다르지 않다. 다 컸지만 중증 장애를 앓고 있는
아들은 지상에 혼자 남아 있는 자이다. 늙은 엄마는 홀로된
아들을 위해 따뜻한 동행이 되어주고 있다. 그 모자를 비추
는 창가의 봄볕은 엄마의 사랑의 온기를 반영한다. 아들은
앞으로 '먼 길'을 가야 한다. 그는 느리게 가야 하므로 그에
게는 다른 이들보다도 더 '먼 길'이 될 것이다. 그러나 인간

은 모두가 똑같이 그 길을 걸어가야 한다. 몸을 움직이지 않고 도달할 수 있는 길은 지상에 존재하지 않는다. 다만 아픈 아들은 다른 이들보다 조금 더 오래 걸어가야 할 뿐이다. 그리하여 늙은 엄마는 아들에게 먼 길을 가려면 국수를 잘 먹어야 한다고 말한다. 늙은 엄마는 버스도 놓친 채 아픈 아들에게 조금이라도 국수를 먹이려고 애쓰지만, 중증 장애를 앓고 있는 아들은 몸을 가누지 못하는 터라 음식을 제대로 받아먹지 못하고 먹으려고 하지도 않는다. 늙은 엄마는 아들이 다른 이들과 다른 것이 있다면 그저 더 오래 걸어가야 하는 것뿐이니, 너도 그들이 매일 하는 일처럼 똑같이 밥을 잘 먹어야 한다고 전하는 것이다. 엄마가 자식에게 밥 잘 먹으라고 하는 말은 자식 사랑의 가장 원초적인 말이지만, 이 시에서는 그 말 속에 장애인 아들을 비장애인과 똑같이 정의하는 엄마의 숙연한 사랑까지 담겨 있다. 엄마는 몸이 불편한 아들에게 직접 밥을 먹이는 것으로 최고의 사랑의 말을 전하고 있는 것이다. 장애가 있는 아들에겐 이 '말'이 국수보다 더 따뜻한 한 그릇의 밥이 될 것이다.

시인은 어느 날 집을 떠나 멀리 다니던 중 혼자 밥을 먹다 죽음을 앞둔 아버지가 마지막으로 전해준 말을 떠올리며 울컥한다. 시인의 마음에 아버지의 유언이 된 그 말은 "늦도록 외롭지 않게 살아라"라는 것이다. 시인은 이 말을 아버지가 자신에게 마지막으로 밥 한 그릇을 지어주신 것에 비유하곤 시의 제목을 '따뜻한 한 그릇의 말'이라고 붙였다. 이 시집은 어느 면에서 시인이 자신의 아버지가 남긴 말을 시로 승화시킨 것이라고 볼 수 있다. 시인은 내내 홀로되고 떠나가는 것들과 함께하고 있다. 그들과 가슴을 맞대고, 그들의 처연한 내면을 위무하고, 그들의 운명이 지닌 의미를 돌이켜보고, 그들과 따뜻한 동행을 도모하고 있다. 시인의 아버지가 시인에게 남긴 것처럼 시인은 이 세상 사람들에게 모두가 외롭지 말라고 오래된 서정의 형식으로 '따뜻한 한 그릇의 말'을 전하고 있는 것이다.

심재휘 1997년『작가세계』를 통해 등단했다. 시집으로 『적당히 쓸쓸하게 바람 부는』『그늘』『중국인 맹인 안마 사』가 있다. 현대시동인상, 발견문학상을 수상했다.

문학동네시인선 108
용서를 배울 만한 시간
ⓒ 심재휘 2018

1판 1쇄 2018년 8월 31일
1판 5쇄 2024년 11월 1일

지은이 | 심재휘
책임편집 | 김영수
편집 | 김민정 강윤정 김봉곤 김필균
디자인 | 수류산방(樹流山房) 본문 디자인 | 유현아
저작권 | 박지영 형소진 최은진 오서영
마케팅 | 정민호 서지화 한민아 이민경 왕지경 정경주 김수인 김혜원 김하연
        김예진
브랜딩 | 함유지 함근아 박민재 김희숙 이송이 박다솔 조다현 정승민 배진성
제작 | 강신은 김동욱 이순호
제작처 | 영신사

펴낸곳 | (주)문학동네
펴낸이 | 김소영
출판등록 | 1993년 10월 22일 제2003-000045호
주소 | 10881 경기도 파주시 회동길 210
전자우편 | editor@munhak.com
대표전화 | 031) 955-8888 팩스 | 031) 955-8855
문의전화 | 031) 955-2696(마케팅), 031) 955-2679(편집)
문학동네카페 | http://cafe.naver.com/mhdn
인스타그램 | @munhakdongne 트위터 | @munhakdongne
북클럽문학동네 | http://bookclubmunhak.com

ISBN 978-89-546-5282-7 03810

www.munhak.com

문학동네